Lucien DELORMEL et Hippolyte RICHARD

LIBERTÉ !

Strophes patriotiques

Dites par

Mme DUGUERET

PRIX : 50 CENTIMES

ROUEN

IMPRIMERIE E. CAGNIARD,

Rues Jeanne Darc, 88, et des Busnage, 5.

1871.

LIBERTÉ !

Ye

41650

Lucien DELORMEL et Hippolyte RICHARD

LIBERTÉ !

Strophes patriotiques

Dites par

Mme DUGUERET

Pour la première fois, le mercredi 31 août 1870,
au théâtre de la Porte-Saint-Martin
et pour la centième, le dimanche 19 mars 1871,
au Cirque national.

PRIX : 50 CENTIMES

ROUEN

IMPRIMERIE E. CAGNIARD,
Rues Jeanne Darc, 88, et des Basnage, 5.
1871.

LIBERTÉ !

C'était une fille joyeuse,

Qu'on a bien chantée autrefois :

Sa nature leste et frondeuse

Faisait de fort galants exploits :

Pas bégueule et très-court vêtue,

Déjà sœur de l'Égalité,

Dans le boudoir et dans la rue

On trouvait dame Liberté.

Et comme elle aimait rire et boire,

Chez nous elle eut droit de cité.

Verre en main, on chantait sa gloire...

Vive, vive la Liberté !

Mais cette Liberté grivoise,

Un jour.... Peuple, il t'en souvient bien !

Jeta sa cornette gauloise

Et coiffa le bonnet phrygien.

Elle avait vu l'âme française

Lasse de ses joyeux flons-flons,

Et pour tonner la *Marseillaise*

Elle enfla ses rudes poumons.

Sa voix décréta la conquête

Du Droit, de la Fraternité.

Seule, elle dompta la tempête...

Vive, vive la Liberté !

Alors sa poitrine profonde,

Ainsi que la foudre éclatant,

Fit résonner dans le vieux monde

Un long cri d'affranchissement.

Ce fut une lutte sublime

Dont le despotisme trembla ;

Puis une nuit… noble victime !

Son œuvre faite, elle expira.

Mais elle a conquis dans l'Histoire

Son droit à l'immortalité :

Salut à sa grande mémoire !

Vive, vive la Liberté !

Alors ceux dont sa voix avait meurtri les âmes,

Dont la Patrie avait creusé les noirs tombeaux,

Ont dit : La Liberté se meurt… et les infâmes

Ont de poudre et de fer rempli leurs arsenaux

Et leur valet-tyran, croyant l'heure venue,

Lâcha sur nous ses loups, ses tigres en courroux,

Leur criant affolé : Voici la France... tue !

Et que la liberté râle enfin sous vos coups !

Apportant avec eux le crime et l'incendie,

Semant partout l'horreur, le carnage et la mort,

De leur souffle maudit souillant notre patrie,

Par leurs troupeaux nombreux ils insultent le sort.

Nos vaillants défenseurs, ébranlés par leur masse,

Ont noblement lutté contre l'invasion ;

C'est sur des flots de sang que le barbare passe,

Laissant sur notre sol plus d'un noir bataillon !

. . . .

Vous avez réveillé la lionne endormie !

Mais la voilà debout, hurlant par le chemin,

Son sang versé par vous, dont la terre est rougie,

A créé des vengeurs qui vous vaincront demain !

Demain ! Vous reverrez notre ardente Lorraine ;

Demain, l'Alsace aussi saura vous châtier !

Unis dans la vengeance et dans la même haine,

Nous nous lèverons tous pour chasser l'étranger !

Vous qui pensiez dompter notre invincible France,

En osant par milliers affronter notre seuil,

Demain vous trouverez, prix de votre démence,

Pour votre immense armée, un immense cercueil !...

Nous avons pour clairon la *Marseillaise* antique,

Chant qui fait écrouler les palais des tyrans ;

Hier, à son noble écho, la grande République

S'élança du tombeau qui l'étouffa vingt ans.

Fils de quatre-vingt neuf, dont les âmes sont pleines,

Nous avons pour drapeau l'Honneur la Liberté,

Jamais nos bras virils n'accepteront de chaînes,

Nous qui portons à tous la sainte Égalité !

Liberté ! que ton ombre sainte

Se lève... Un fer sanglant a lui ;

Au cœur la Patrie est atteinte,

Il nous faut ton puissant appui

Contre ceux qui violent nos plaines,

Ta voix fit vaincre nos aïeux ;

Le même sang coule en nos veines,

Apprends-nous à mourir comme eux !

Car ton nom ne se peut entendre

Que le cœur rempli de fierté :

Renais donc soudain de ta cendre !

Vive, vive la Liberté !

IMPRIMERIE E. CAGNIARD, ROUEN.

IMPRIMERIE E. CAGNIARD
ROUEN.